KB247417

기분을 바꾸는 왼손 필사

※ 일러두기
- 저작권이 해제된 작품은 수록된 도서를 따로 명기하지 않았습니다.
- 시(詩)의 경우 원문의 형식을 존중해 문장부호가 없는 작품은 그대로 실었습니다.
- 지면 관계상 일부 시는 특정 구절을 발췌하여 구성했으며, 생략된 부분은 (…)으로
  표시했습니다.

기분을 바꾸는 왼손 필사

左手筆寫

익숙한 손을 바꾸면,
마음의 잠금이 풀린다

서선행·이은정 지음

오른손잡이가 왼손으로
글을 쓸 때의 장점 7 가지

"왼손 필사는
익숙한 손을 사용했을 때와 다른
특별한 장점들이 있습니다."

☑ 두뇌의 균형 자극

오른손은 좌뇌, 왼손은 우뇌와 연결되어 있습니다.
평소 잘 사용하지 않던 왼손을 쓰는 것만으로도 우뇌가 자극됩니다. 우뇌 자극을 통해 감정 조절, 창의성, 직관, 상상력, 공간 인식이 강화됩니다.
또한 뇌의 비대칭적 사용 패턴을 조정하는 데도 도움이 됩니다.

☑ **주의력·집중력 향상**

왼손은 익숙하지 않아 자동화된 움직임이 어렵습니다.
따라서 뇌가 현재 하고 있는 일에 더욱 깊이 집중하게 됩니다.
그 결과, 산만함이 줄고 몰입감이 높아지는 효과가 나타납니다.

☑ **감정 조절 능력 강화**

낯선 손을 사용할 때 생기는 느림과 어색함은 순간적인 감정 반응을 잠시 멈추고 조절하는 능력을 키워줍니다.
익숙하지 않은 손을 사용하는 과정에서 자연스럽게 불편함이 생기는데, 이 불편함을 '참고', '관찰하고', '천천히' 조절하는 과정은 감정 조절 훈련과 유사합니다.

☑ 자기 관찰(알아차림) 능력 향상

평소에는 스쳐 지나가던 생각이나 감정을 왼손으로 글을
쓰는 동안 조금 더 천천히, 의식적으로 마주하게 됩니다.
'아, 내가 지금 이런 감정을 느끼고 있구나' 하고 객관적으
로 바라보는 힘이 생깁니다. 이렇게 자신의 마음을 바라보
는 것을 '알아차림'이라고 합니다.

☑ 완벽주의 완화

왼손 글씨는 오른손으로 쓸 때보다 삐뚤고 완성도가 떨어
질 수 있습니다.
따라서 '잘 써야 한다'는 압박감이 자연스럽게 내려갑니다.
이는 실수와 불완전함을 받아들이는 연습이 됩니다.

☑ 새로운 루틴이 주는 리셋 효과

평소 쓰던 손이 아니라는 사실 자체가 일상에서 잠시 벗어나는 감각을 줍니다.
특히 아침에 왼손으로 글을 쓰는 루틴을 만들면 뇌와 몸이 새로운 방식으로 깨어나는 전환 의식이 됩니다.

☑ 뇌 건강에도 긍정적

익숙하지 않은 손을 사용하면 뇌는 새로운 방식으로 움직임을 배우기 위해 신경 연결을 강화하거나 재조직하려는 반응을 보입니다.
이는 뇌의 신경가소성(neuroplasticity)을 높여 뇌 건강 유지에 도움이 되는 것으로 알려져 있습니다.

왼손으로 처음 글을 쓰는
사람을 위한 가이드

"왼손 필사는 감각을 깨우는 활동이지만,
 동시에 기술도 필요합니다.
 다음 가이드가 왼손으로 펜을 잡을 때
 도움이 될 것입니다."

☑ 잡는 힘을 최소화하세요

왼손은 힘 조절이 어렵기 때문에 나도 모르게 필압이 세질
수 있습니다. 그러나 필압이 세면 글씨가 떨리고 손이 금방
피로해집니다. 시작 전 살짝 힘을 빼면 훨씬 안정적입니다.

- 펜을 '잡는다'기보다 가볍게 얹는 느낌으로
- 손가락보다 손등 중심으로 힘을 빼기

☑ 글씨 크기를 20~30% 크게 쓰세요

왼손은 미세 조정이 어렵기 때문에 평소 오른손으로 쓰던 크기대로 글씨를 쓰면 오히려 힘이 많이 들어갑니다. 글씨 크기를 조금만 크게 하면 움직임이 훨씬 부드러워집니다.
'더 크게, 더 느리게' 이 두 가지를 기억하세요.

☑ '종이의 각도'를 바꿔보세요

왼손은 글 방향이 반대이기 때문에 종이의 이동이 중요합니다. 각도만 잘 조절해도 글씨의 비틀림과 피로가 줄어듭니다.

- 책을 오른쪽으로 살짝 기울이기
- 손목이 꺾이지 않는 각도 찾기
- 책을 움직이고, 몸은 고정하기

☑ 문장을 한 번에 쓰지 말고 끊어 쓰세요

전체 문장을 한 번에 쓰기보다 단어를 끊어 읽고 따라 쓰면
훨씬 쉽습니다.

예: 오늘도 괜찮다
→ 오늘도 / 괜찮다

☑ 시간 단위 목표보다 줄 단위 목표를 세우세요

왼손 필사는 생각보다 금방 지칩니다.
'5분만 써야지'보다 '2줄만 쓰자'가 훨씬 달성하기 쉽습니다.
시간보다 '줄 단위'를 목표로 해야 꾸준히 할 수 있습니다.

☑ 손 떨림은 정상, 고치려고 하지 마세요

왼손으로 글씨를 쓸 때의 손 떨림은 손과 뇌가 적응하고 있
는 과정입니다. 떨림을 억지로 없애려고 하면 오히려 필압이
세지고 글씨가 더 불안정해집니다.
이 자연스러운 떨림 자체가 왼손 필사의 매력입니다. 억지로
고치려고 하지 마세요.

☑ 내 기분에 맞게, 원하는 글부터 시작하세요

맨 처음부터 순서대로 따라 쓸 필요 없습니다.
책을 쭉 살펴보면서 지금 내 기분에 어울리는 글을 골라보
세요. 처음에는 짧은 글이 좋고, 익숙해지면 조금 긴 글에도
도전해 보세요.
집중하는 만큼 내 마음은 고요해집니다.

* **수평선**

* **수직선**

* **동그라미**

* 자음

ㄱ ㄴ ㄷ ㄹ ㅁ ㅂ ㅅ
ㅇ ㅈ ㅊ ㅋ ㅌ ㅍ ㅎ

* 모음

아 야 어 여 오 요
우 유 으 이

* 문장

이제 왼손 필사를
시작해 봅시다.

#6

텅 빈 자리가
미칠 듯이
선명한 날엔

#7

내 마음
알아주는 사람
하나 없는 날엔

#8

너무 지쳐서
그냥 혼자
있고 싶은 날엔

#9

넘어졌는데
일어설 수 없는
날엔

#10

해내고 싶은데
헤매기만 하는
날엔

"모든 상상은 현실이 된다."

Todo lo que puedas imaginar es real.

파블로 피카소 Pablo Picasso

풀 네임은 파블로 디에고 호세 프란시스코 데 파울라 후안 네포무세노 마리아 데 로스 레메디오스 시프리아노 데 라 산티시마 트리니다드 루이스 이 피카소 (상당히 길다). 20세기를 대표하는 미술가 중 한 명으로 꼽히며 현대 미술의 거장으로 인정받고 있다. 대표적인 왼손잡이 예술가 중 한 명이다.

1

멘탈이
와장창
무너지는 날엔

누군가 남들과 발맞추지 못한다면,

그건 그가 다른 북소리를 듣고 있기 때문일 것이다.

자신이 듣는 소리에 따라 걸어가게 두어라.

박자가 어떻든, 얼마나 먼 곳에서 들리든….

_헨리 데이비드 소로, 『월든 Walden』

헨리 데이비드 소로
(Henry David Thoreau, 1817~1862)
미국의 시인, 수필가, 철학자

누군가 남들과 발맞추지 못한다면,

★ 오늘의 기분

인간은 패배하도록 창조되지 않았다.

인간은 파괴될 수는 있어도 패배하지는 않는다.

_어니스트 헤밍웨이, 『노인과 바다 *The Old Man and the Sea*』

어니스트 헤밍웨이
(Ernest Hemingway, 1899~1961)
미국의 소설가

DATE   /   /

★ 오늘의 기분

내일은 내일의 태양이 뜬다.

_마거릿 미첼, 『바람과 함께 사라지다Gone With the Wind』

마거릿 미첼
(Margaret Mitchell, 1900~1949)
미국의 소설가

DATE   /   /

★ 오늘의 기분

일이 뜻대로 되지 않는다 하여 근심 걱정하지 말며

일이 뜻대로 된다 하여 기뻐하지 말라.

언제나 평온할 것임을 장담하지 말며

처음의 어려움을 두려워하지 말라.

_홍자성, 『채근담菜根譚』

홍자성(1550년 전후 출생 추정)
명나라의 문인

DATE   /   /

★ 오늘의 기분

포기하지 말라.

날지 못하면 달려라.

달리지 못하면 걸어라.

걷지 못하면 기어라.

당신이 무엇을 하든

앞으로 나아가야 한다는 것만 기억하라.

_마틴 루서 킹

마틴 루서 킹
(Martin Luther King Jr., 1929~1968)
미국의 목사이자 인권운동가

DATE   /   /

★ 오늘의 기분

어느 날 아침, 그레고르 잠자는 불안한 꿈에서 깨어나 자신이 침대 속에서 한 마리 흉측한 벌레로 변해 있는 것을 발견했다. 그는 갑옷처럼 딱딱한 등을 밑으로 하고 위를 쳐다보며 누워 있었다.

_프란츠 카프카, 『변신Die Verwandlung』

프란츠 카프카(Franz Kafka, 1883~1924)
오스트리아·헝가리 제국(현 체코)의 유대계 작가. 실존주의 문학의 선구자

DATE   /   /

★ 오늘의 기분

인생은 때로 매우 무거울 수 있습니다.
특히 모든 걸 다 짊어지려고 할 때 말이죠.

인생의 새로운 장으로 넘어가는 과정에선
하나는 손에 쥐고, 하나는 놓아야 합니다.

당신은 모든 걸 짊어질 수 없습니다.
내가 받아들일 수 있는 것을 결정하고
나머지는 흘려 보내세요.

_테일러 스위프트(뉴욕대 졸업 연설)

테일러 스위프트(Taylor Swift, 1989~)
미국의 싱어송라이터

DATE   /   /

★ 오늘의 기분

"단순함은 최고의 정교함이다."

Simplicity is the ultimate sophistication.

레오나르도 다빈치 Leonardo da Vinci

인간 지성의 정점에 도달했다고 평가받는 불세출의 천재로, 인류 역사에 한 획을 그은 인물. 레오나르도 다빈치는 그림과 글씨를 쓸 때 왼손을 주력으로 사용했다. 또한 그는 글을 쓸 때 오른쪽에서 왼쪽으로 거꾸로 쓰는 좌우 반전 필기체(거울형 글쓰기)를 사용한 것으로도 유명하다. 이러한 특성 때문에 그는 종종 왼손잡이 천재의 대표적인 인물로 거론된다.

2

자려고
누웠는데
마음에 뭔가
걸리는 날엔

상처는 빛이 당신 안으로 들어오는 자리다.

고개 돌리지 말라.

붕대 감은 그 자리를 바라보라.

거기서 빛이 시작된다.

_잘랄 아드딘 무하마드 루미

잘랄 아드딘 무하마드 루미
(Jalāl ad-Dīn Muhammad Rūmī, 1207~1273)
페르시아 문학의 신비파를 대표하는 시인·
철학자·신학자

DATE   /   /

★ 오늘의 기분

우리의 불안은

미래를 생각하는 데서 오는 것이 아니라,

미래를 통제하고자 하는 욕망에서 온다.

_칼릴 지브란

칼릴 지브란
(Kahlil Gibran, 1883~1931)
레바논 출생, 미국의 시인이자 작가

DATE   /   /

★ 오늘의 기분

당신을 지배하는 것은
당신이 두려워하는 것이 아닙니다.
바로 두려움 그 자체가
당신을 지배하는 것입니다.

_오프라 윈프리

오프라 윈프리(Oprah Winfrey, 1954~)
미국의 방송인

DATE   /   /

★ 오늘의 기분

삶이 가끔 너를 속일 때가 있더라도
너무 슬퍼하지 마. 너무 화내지도 마.

하루가 흐릿하게 느껴질 때는
그냥 잠시 멈춰 서도 괜찮아.

좋은 날은 꼭 다시 와.
마음은 언제나 앞날을 바라보니까.

지금이 어둡더라도 지나가게 될 거야.
지나간 건 결국 다 아름다워지니까.

_알렉산드르 푸시킨, 「삶이 그대를 속일지라도」

알렉산드르 푸시킨
(Alexsandr Sergeyevich Pushkin, 1799~1837)
러시아의 국민 시인이자 소설가

DATE   /   /

★ 오늘의 기분

과녁을 맞추려면

과녁보다 조금 더 높은 곳을 겨냥해야 한다.

왜냐하면 날아가는 모든 화살은

지구가 끄는 힘으로 인해

조금 더 아래로 떨어지기 때문이다.

_헨리 워즈워스 롱펠로

헨리 워즈워스 롱펠로
(Henry Wadsworth Longfellow, 1807~1882)
미국의 시인

DATE   /   /

★ 오늘의 기분

마음이 흔들리면 활 그림자도 뱀으로 보이고
누운 바위도 호랑이로 보이니
이 가운데는 온통 해치는 기운뿐이다.

마음이 가라앉으면 석호*도 갈매기처럼 길들고
소란한 개구리 울음도 음악 소리로 삼을 수 있으니
이르는 곳마다 참 기틀을 보게 될 것이다.

_홍자성, 『채근담菜根譚』

*석호(石虎): 돌로 된 호랑이처럼 포악한
성정을 비유하는 표현.

홍자성(1550년 전후 출생 추정)
명나라의 문인

DATE   /   /

★ 오늘의 기분

까마귀 한 마리가 날아와
불길하게 운다고 기분 나빠하지 마라.
마음을 훌훌 털고 이렇게 말하라.

"이는 나에 대한 경고가 아니야.
건강과 돈과 명예,
그리고 우리 가족과도 상관이 없지.
행운과 불운은 내 의지로 생각하기 나름일 뿐.
어떤 경우든 좋은 면을 바라보는 일은
나에게 달려 있어."

_에픽테토스,『나를 위해 살지 않으면 남을 위해 살게 된다(페이지2북스)』

에픽테토스
(Epictetus, 55년~135년 추정)
스토아학파 철학자

DATE   /   /

★ 오늘의 기분

지금은 지금 생각하는 바를 단호하게 말하고,
내일은 내일 생각하는 바를 단호하게 말하라.
그것이 비록 오늘 말한 모든 것과
모순을 이룬다고 해도.
아! 분명 오해를 받을 것이다.
하지만 그것이 대수란 말인가?

_랄프 왈도 에머슨, 『에머슨의 자기 확신에 관하여(레디투다이브)』

랄프 왈도 에머슨
(Ralph Waldo Emerson, 1803~1882)
미국의 시인이자 사상가

DATE   /   /

★ 오늘의 기분

“당신이 믿는 바를 위해 싸우고
더 힘껏 밀어부치세요.
당신은 놀라게 될 겁니다.
당신은 생각하는 것보다 훨씬 강하거든요.”

Fight and push harder for what you believe in, you'd be surprised,
you're much stronger than you think.

레이디 가가 Lady GaGa

미국 팝스타이자 세계적인 싱어송라이터이며 사회운동가도 겸하는 멀티 엔터테이너. 개성의 아이콘이라 불리는 그녀는 작곡할 때 꼭 왼손을 사용한다고 한다. 최근에는 음악뿐 아니라 패션, 연기까지 그녀만의 독창성을 예술로 승화시키고 있다.

3

세상이
얌전한 나를
거칠게 만드는 날엔

분노는 잠깐의 광기다.
네가 분노를 다스리지 못하면,
분노가 너를 다스릴 것이다.

_호라티우스

호라티우스
(Quintus Horatius Flaccus, 기원전 65년~8년)
고대 로마의 시인

DATE   /   /

★ 오늘의 기분

누군가와 다툼이 생길 것 같으면
그 순간, 반드시 떠올려 보세요.
당신도, 상대방도 이윽고 죽어서
이곳에서 사라진다는 사실을.

'결국엔 당신도 사라진다. 나도 사라진다.
그렇다면, 아무려면 어떤가.'

_코이케 류노스케, 『초역 부처의 말(포레스트북스)』

코이케 류노스케(Ryunosuke Koike, 1978~)
일본의 승려이자 명상가

DATE   /   /

★ 오늘의 기분

괴물과 싸우는 사람은 그러다가

자신이 괴물이 되지 않도록 조심해야 한다.

그대가 오랫동안 심연*을 들여다보고 있다면

심연 역시 그대를 들여다볼 것이다.

_프리드리히 니체,『선악의 저편Jenseits von Gut und Böse』

★ 심연:
1. 깊은 못.
2. 좀처럼 빠져나오기 힘든 구렁을 비유적으로
   이르는 말.
3. 뛰어넘을 수 없는 깊은 간격을 비유적으로
   이르는 말.

프리드리히 니체
(Friedrich Wilhelm Nietzsche, 1844~1900)
프로이센 왕국(현 독일) 출신 철학자

DATE   /   /

★ 오늘의 기분

말의 크기를 높이지 말고,

말의 품격을 높여라.

꽃을 키우는 건 비이지, 천둥이 아니다.

말하되, 그 말이 침묵보다 아름다울 때만 하라.

_잘랄 아드딘 무하마드 루미

잘랄 아드딘 무하마드 루미
(Jalāl ad-Dīn Muhammad Rūmī, 1207~1273)
페르시아 문학의 신비파를 대표하는
시인·철학자·신학자

DATE   /   /

★ 오늘의 기분

누구든지 화를 낼 수 있다. 그것은 쉬운 일이다.
그러나 올바른 대상에게 올바른 정도로, 올바른
시간에, 올바른 목적으로, 올바른 방식으로 화를
내는 것은 모든 사람이 할 수 있는 일이 아니며
쉬운 일도 아니다.

_아리스토텔레스

아리스토텔레스
(Aristoteles Stagirites, 기원전 384년~322년)
고대 그리스 철학자

DATE   /   /

★ 오늘의 기분

성내는 마음을 일으키면
스스로 그 몸을 태우고
그 마음은 독을 머금어
안색이 달라진다.

_도세, 『법원주림法苑珠林(불교 경전)』

도세(道世)
중국 당나라의 승려

DATE   /   /

★ 오늘의 기분

아침에 눈을 뜰 때 이렇게 말하라.

오늘 내가 만날 사람들은 성가시고 이기적일 것이다.

그러나 나는 선의 아름다움을 보았다.

그러므로 그 어떤 악함도 나를 해칠 수 없다.

내 마음은 내 안에 있다.

_마르쿠스 아우렐리우스, 『명상록Meditations』

마르쿠스 아우렐리우스
(Marcus Aurelius, 121~180)
고대 로마의 황제

DATE   /   /

★ 오늘의 기분

분노의 가장 좋은 약은 '잠시 멈춤'이다.

억누르지 못한 분노는

우리를 상처 준 일보다 더 큰 해를 입힌다.

자신의 분노를 다스리는 사람은

한 도시를 정복한 사람보다 위대하다.

_루키우스 안나이우스 세네카, 『화에 대하여 *On Anger*』

루키우스 안나이우스 세네카(Lucius Annaeus Seneca, 기원전 4년~기원후 65년 추정)
고대 로마의 철학자이자 정치인

DATE   /   /

★ 오늘의 기분

눈빛은 이글거리고, 콧김은 발정한 황소처럼 거칠어진다. 상대방이 어떤 뜻으로 내게 그런 말을 했는지 생각해 볼 여유도 없다. 잠시 숨을 돌리고 내 감정을 다독거릴 기분도 아니다. 실컷 욕을 퍼붓고 난 후에야 어리둥절해하는 그의 표정이 눈에 들어온다. 그때는 이미 후회해도 소용없다.

가끔은 내 안에서 악마를 키운 장본인이 나였는지도 모르겠다는 의심이 들곤 한다. 폭발할 듯 분출하려는 증오의 용암을 대신 뿜어줄 또 다른 나를 찾았던 것인지도 모르겠다는 생각이 들곤 한다. 만약 그게 사실이라면 이 악마는 그동안 억울하게도 악마라는 이름으로 불려왔던 나 자신이다.

_아르투어 쇼펜하우어, 『당신의 인생이 왜 힘들지 않아야 한다고 생각하십니까 (포레스트북스)』

아르투어 쇼펜하우어
(Arthur Schopenhauer, 1788~1860)
독일의 철학자

DATE   /   /

★ 오늘의 기분

"계속 갈망하고, 우직하게 나아가라."

Stay hungry, stay foolish.

스티브 잡스 Steven Paul Jobs

애플의 창업자이자 혁신의 아이콘. 혁신적인 감각과 집요한 완성도를 바탕으로 개인용 컴퓨터, 스마트폰, 태블릿 등 현대 디지털 기기의 방향을 결정지은 상징적 기업가다. 왼손잡이인 그는 믿고 의지한 멘토, 제이 엘리엇을 '나의 왼팔'이라고 부르기도 했다.

4

다들
앞서가는데
나만 뒤처지는 것
같은 날엔

누군가를 싫어하는 사람이 될 정도로
자신을 깎아내리지 마세요.

_마틴 루서 킹

마틴 루서 킹
(Martin Luther King Jr., 1929~1968)
미국의 목사이자 인권운동가

DATE   /   /

★ 오늘의 기분

오, 나의 군주여, 질투를 조심하십시오.

질투는 초록 눈의 괴물로,

사람의 마음을 농락해 먹이로 삼습니다.

_윌리엄 셰익스피어, 『오셀로Othello』

윌리엄 셰익스피어
(William Shakespeare, 1564~1616)
잉글랜드(현 영국)의 시인이자 극작가

DATE   /   /

★ 오늘의 기분

행복으로 가는 길은 단 하나,
내 뜻으로 어찌할 수 없는 일에
더는 마음을 쓰지 않는 것이다.
내가 할 수 있는 것을 다 하고,
나머지는 그대로 두라.

_에픽테토스, 『담화록Discourses』

에픽테토스
(Epictetus, 55년~135년 추정)
스토아학파 철학자

DATE   /   /

★ 오늘의 기분

미움이란 말 속에 보기 싫은 아픔

미움이란 말 속에 하잔한* 뉘침

그러나 그 말씀 씹히고 씹힐 때

한 꺼풀 넘치어 흐르는 눈물

_김영랑, 「미움이란 말」

* 하잔한: 주위 따위가 텅 빈 것 같은
외롭고 쓸쓸한 느낌이 있다.

김영랑(1903~1950)
한국의 시인, 독립운동가

DATE   /   /

★ 오늘의 기분

너에게 평화를 줄 수 있는 건 오직 너 자신뿐이다.

원칙 위에 선 마음만이 평화를 부른다.

네가 될 운명인 사람은,

네가 스스로 되기로 선택한 그 사람뿐이다.

자신을 믿어라.

_랄프 왈도 에머슨, 『자기 신뢰Self-Reliance』

랄프 왈도 에머슨
(Ralph Waldo Emerson, 1803~1882)
미국의 시인이자 사상가

DATE   /   /

★ 오늘의 기분

"나를 죽이지 못하는 것은
나를 더 강하게 만든다."

Was mich nicht umbringt macht mich stärker.

프리드리히 니체 Friedrich Nietzsche

프로이센 왕국(현 독일) 출신의 철학자이자 문헌학자. 여러 자료에서 니체를 왼손잡이로 지칭하고 있으며, 손을 많이 다쳐 오른손 사용이 어려워진 후 왼손으로 글을 썼다는 기록이 있다.

5

네가
내 편이라는 게
고마운 날엔

사랑은 모든 것을 이긴다.
그러니 우리도 사랑에 굴복하자.

_베르길리우스,『목가*Bucolica*』

베르길리우스
(Publius Vergilius Maro, 기원전 70년~19년)
고대 로마의 시인

★ 응용의 기록

DATE   /   /

그는 내게 신과 같아 보인다.

그대와 마주 앉아

그대의 고운 음성을 듣고

사랑스러운 웃음을 바라보는 순간―

그 모습만으로도

내 가슴속은 와르르 무너진다.

(…)

_사포, 「사포 단편 31*Sappho fr31*」

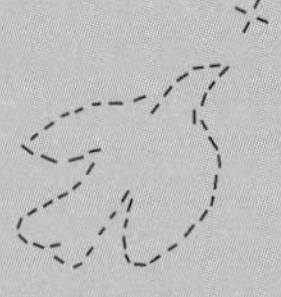

사포
(Sappho, 기원전 630년~570년 추정)
고대 그리스 시인

DATE   /   /

★ 오늘의 기분

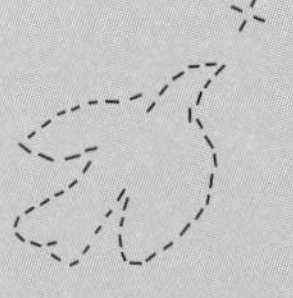

(…)

눈은 푹푹 나리고

나는 나타샤를 생각하고

나타샤가 아니 올 리 없다

언제 벌써 내 속에 고조곤히* 와 이야기한다

산골로 가는 것은 세상한테 지는 것이 아니다

세상 같은 건 더러워 버리는 것이다

(…)

_백석, 『나와 나타샤와 흰 당나귀』

* 고조곤히: '고요하게, 조용하게,
소리 없이'의 방언.

백석(1912~1996)
한국의 시인. 방언을 즐겨 쓰면서도 모더니즘을
발전적으로 수용한 시들을 발표했다.

DATE   /   /

★ 오늘의 기분

바다 위로 햇살이 번질 때, 나는 그대를 생각한다.

달빛이 샘물 위에 부서질 때도, 그대를 생각한다.

(…)

멀리 있어도 언제나 그대 곁에,

내 마음은 그렇게 머문다.

(…)

_요한 볼프강 폰 괴테, 「사랑하는 이의 곁에서 *Nähe des Geliebten*」

요한 볼프강 폰 괴테
(Johann Wolfgang von Goethe, 1749~1832)
독일을 대표하는 시인이자 소설가

DATE   /   /

★ 오늘의 기분

돌하 노피곰 도드샤

머리곰 비취오시라

져재 녀러신고요

즌 디룰 드디욜셰라

어느이다 노코시라

내 가논 디 졈그룰셰라

(달아 어서 높이 높이 올라 떠서

어떤 깊은 골짜기든 환하게 비추어라.

저자에 가 계신 우리 낭군

돌아오시는 밤길 어둡지 않아

발 상하심 없이

한시라도 빨리 오시게.)

_작자 미상,「정읍사」

정읍사(井邑詞)
작자 미상인 삼국 시대의 고대가요로,
현존하는 유일한 백제 문학

DATE   /   /

★ 오늘의 기분

우리의 영혼이 어떤 것으로 만들어졌든,

그의 것과 나의 것은 같다.

그는 나보다 더 나 자신 같았다.

우리의 영혼은 하나였다.

모든 것이 사라져도,

그가 남는다면 나는 여전히 존재할 것이다.

_에밀리 브론테, 『폭풍의 언덕Wuthering Heights』

에밀리 브론테
(Emily Bronte, 1818~1848)
영국의 작가

DATE   /   /

★ 오늘의 기분

주인 색시를 생각하면

공중에 있는 달보다도 더 곱고

별들보다도 더 깨끗하였다.

주인 색시를 생각하면

달이 보이고 별이 보이었다.

삼라만상*을 씻어 내는 은빛보다도

더 흰 달이나 별의 광채보다도

그의 마음이 아름답고 부드러운 듯하였다.

_나도향, 『벙어리 삼룡이』

* 삼라만상: 우주에 있는 온갖 사물과 현상.

나도향(1902~1927)
한국의 소설가

DATE   /   /

★오늘의 기분

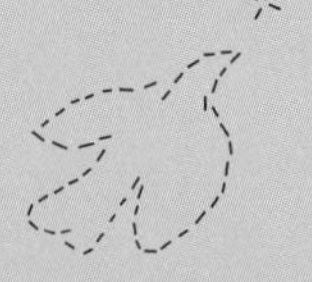

내가 당신을 사랑하는 것은
까닭이 없는 것이 아닙니다.
다른 사람들은 나의 홍안*만을 사랑하지마는
당신은 나의 백발도 사랑하는 까닭입니다.

내가 당신을 그리워하는 것은
까닭이 없는 것이 아닙니다.
다른 사람들은 나의 미소만을 사랑하지마는
당신은 나의 눈물도 사랑하는 까닭입니다.

(…)

_한용운, 「사랑하는 까닭」

* 홍안: 붉은 얼굴이라는 뜻으로, 젊어서
혈색이 좋은 얼굴을 이르는 말.

한용운(1879~1944)
한국의 시인이자 승려

DATE   /   /

★ 오늘의 기분

"언어의 한계는 곧 세계의 한계다."

Die Grenzen meiner Sprache bedeuten die Grenzen meiner Welt.

루트비히 비트겐슈타인 Ludwig Josef Johann Wittgenstein

20세기의 위대한 철학자이자 일상언어학파의 창시자로 평가받는다. 그는 오스트리아를 대표하는 재벌 가문에서 태어나 부유하게 자랐으나, 귀족 출신임에도 제1차 세계 대전에 참전하고 극단적으로 소박한 생활방식을 고집하며 전쟁과 고독 속에서 철학적 사유를 끊임없이 이어갔다. 그는 원래 오른손잡이였으나, 집중력이 필요하거나 강박적인 사고 흐름으로 글을 쓸 땐 왼손을 주로 사용했다.

6

텅 빈 자리가 미칠 듯이 선명한 날엔

(…)

사랑하고 잃는 것이,

사랑하지 않은 것보다 낫다.

무슨 일이 닥쳐도 나는 이 말을 믿는다.

가장 슬플 때 마음 깊은 곳에서 느낀다.

_알프레드 테니슨, 「인 메모리엄 A.H.H.*In Memoriam A.H.H.*」

알프레드 테니슨
(Alfred Tennyson, 1809~1892)
영국의 시인. 일찍 세상을 떠난 친구 A.H.H.를
그리며 시를 썼다.

DATE   /   /

★ 오늘의 기분

동짓돌 기나긴 밤을 한 허리를 버혀 내어

춘풍 니불아릐 서리서리 너헛다가

어론 님 오신 날 밤이여든 구뷔구뷔 펴리라.

(동짓달 기나긴 밤의 한가운데 허리를 베어 내어

봄바람 이불 밑에 서리서리* 넣었다가

고운 임 오신 날 밤이 되면 굽이굽이 펴리라.)

_황진이, 「동짓달 기나긴 밤을」

* 서리서리: 긴 물건을 원형 모양으로 여러 번
　감아 놓은 모양.

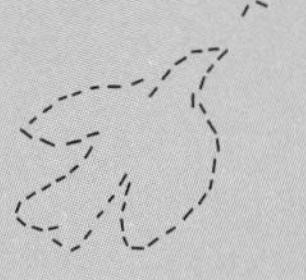

황진이(黃眞伊, 1506년 출생 추정~몰년 미상)
조선 전기의 기생이자 시인. 조선 최고의 여류
시인 중 한 명으로 꼽힌다.

DATE   /   /

★ 오늘의 기분

큰 고통이 지나간 뒤엔

형식적인 감정만 남는다.

신경은 무덤처럼 의식적으로 앉아 있고,

굳어진 심장은 묻는다.

"그 고통은 어제였던가,

아니면 수세기 전이었던가?"

(…)

_에밀리 디킨슨, 「큰 고통이 지나간 뒤엔 형식적인 감정만 남는다After great pain, a formal feeling comes」

에밀리 디킨슨(Emily Dickinson, 1830~1886)
미국의 시인

DATE   /   /

★ 오늘의 기분

산산이 부서진 이름이여!

허공 중에 헤어진 이름이여!

불러도 주인 없는 이름이여!

부르다가 내가 죽을 이름이여!

(…)

선 채로 이 자리에 돌이 되어도

부르다가 내가 죽을 이름이여!

사랑하던 그 사람이여!

사랑하던 그 사람이여!

_김소월, 「초혼」

김소월(1902~1934)
일제강점기에 활동한 한국의 시인

DATE   /   /

★ 오늘의 기분

묏버들 갈해 것거 보내노라 님의손디
자시난 창 밧긔 심거 두고 보쇼셔
밤비예 새닙곳 나거든 날인가도 너기소셔

(산 속 버들가지 가려 꺾어 임에게 보내오니
주무시는 창 밖에 심어두고 보소서
행여 밤비에 새 잎이 나거든 나인가 하고 여기소서)

_홍랑, 「묏버들 가려 꺾어」

홍랑(洪娘)
조선 선조 시대 기생이자 시인

DATE   /   /

★ 오늘의 기분

(…)

이끼 낀 돌 옆에 핀 제비꽃 한 송이

눈에 거의 띄지 않은 채 피어 있었네.

밤하늘 하나뿐인 별처럼

그렇게 고요히 빛나던 사람.

아무도 모르게 살다가

아는 이 없이 세상을 떠났네.

이제 그녀는 무덤 안에 있네.

아, 나에게 있어 그 차이란.

_윌리엄 워즈워스, 「그녀는 인적 드문 곳에 살았다*She Dwelt among the Untrodden Ways*」

윌리엄 워즈워스
(William Wordsworth, 1770~1850)
영국의 시인

DATE   /   /

★ 오늘의 기분

못 잊어 생각이 나겠지요,
그런대로 한세상 지내시구려,
사노라면 잊힐 날 있으리다.

못 잊어 생각이 나겠지요,
그런대로 세월만 가라시구려,
못 잊어도 더러는 잊히오리다.

그러나 또 한긋 이렇지요,
'그리워 살뜰이 못 잊는데,
어쩌면 생각이 떠지나요?'

_김소월, 「못 잊어」

김소월(1902~1934)
일제강점기에 활동한 한국의 시인

DATE   /   /

★ 오늘의 기분

(…)

나는 이 습내 나는 춥고, 누긋한 방에서,

낮이나 밤이나 나는 나 혼자도 너무 많은 것같이 생각하며,

딜옹배기*에 북덕불°이라도 담겨 오면,

이것을 안고 손을 쬐며 재 위에 뜻 없이 글자를 쓰기도 하며,

또 문밖에 나가지두 않고 자리에 누워서,

머리에 손깍지베개를 하고 굴기도 하면서,

나는 내 슬픔이며 어리석음이며를 소처럼 연하여 쌔김질하

는 것이었다.

(…)

_백석, 「남신의주 유동 박시봉방」

* 딜옹배기: 질옹배기. 아가리가 넓게 벌어진
  둥글넓적한 질그릇.
° 북덕불: 짚이나 풀 따위가 뒤섞여 엉클어진
  뭉텅이에서 피운 불.

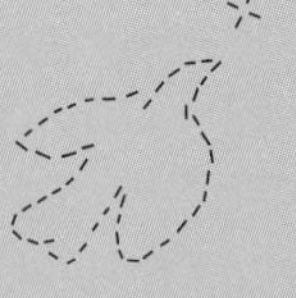

백석(1912~1996)
한국의 시인. 방언을 즐겨 쓰면서도 모더니즘을
발전적으로 수용한 시들을 발표했다.

DATE   /   /

★ 오늘의 기분

"상처의 흉터를
지혜의 등불로 삼아라."

Turn your wounds into wisdom.

오프라 윈프리 Oprah Winfrey

대표적인 왼손잡이 방송인으로 꼽히는 그녀는 미국 방송 역사상 가장 영향력 있는 토크쇼 진행자이자 제작자, 사업가다. 가난한 흑인 가정에서 사생아로 태어나 험난한 유년 시절을 보냈지만 여성 인권, 빈곤, 교육에 대해 꾸준한 관심을 보이며 전 세계에 영향력을 전파하고 있다.

7

내 마음
알아주는 사람
하나 없는 날엔

당신 아닌 모습으로 사랑받는 것보다
당신 모습 그대로 미움받는 편이 낫다.

_앙드레 지드

앙드레 지드
(Andre Gide, 1869~1951)
프랑스의 소설가이자 평론가

DATE   /   /

★ 오늘의 기분

모든 사람에게는 세상이 모르는
그들만의 숨겨진 슬픔이 있다.
우리는 가끔 그것을 망각한 채
그들을 차가운 사람이라고 말한다.
그들은 단지 슬픈 것뿐인데도.

_헨리 워즈워스 롱펠로

헨리 워즈워스 롱펠로
(Henry Wadsworth Longfellow, 1807~1882)
미국의 시인

DATE   /   /

★ 오늘의 기분

우리 뒤에 있는 것도,

우리 앞에 있는 것도,

우리 안에 있는 것에 비하면 작디작은 것이다.

_랄프 왈도 에머슨

랄프 왈도 에머슨
(Ralph Waldo Emerson, 1803~1882)
미국의 시인이자 사상가

DATE   /   /

★ 오늘의 기분

사람은 누구나 천재다.

하지만 물고기를
나무에 오르는 능력으로만 판단한다면,
그 물고기는 자신을 바보로 여기며
평생을 살아가게 될 것이다.

_알베르트 아인슈타인

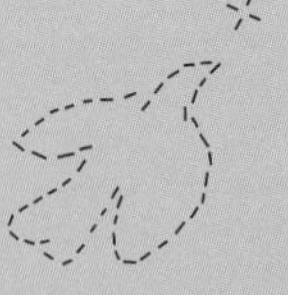

알베르트 아인슈타인
(Albert Einstein, 1879~1955)
독일 제국 태생의 유대계 이론물리학자

DATE   /   /

★ 오늘의 기분

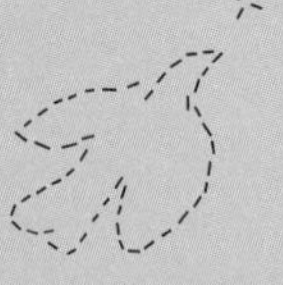

(⋯)

고요히 있어라, 슬픈 마음이여.

원망을 잠시 멈추어라.

구름 뒤에서도 태양은 여전히 빛나고 있고,

너의 운명도 모든 사람의 운명과 다름없다.

모든 삶엔 때로 비가 내리고,

어둡고 쓸쓸한 날들이 있는 법이다.

_헨리 워즈워스 롱펠로, 「비 오는 날The Rainy Day」

헨리 워즈워스 롱펠로
(Henry Wadsworth Longfellow, 1807~1882)
미국의 시인

DATE   /   /

★ 오늘의 기분

온 세상이 탁한데 나 홀로 맑고,
모두가 취해 있는데 나만 깨어 있다.

_굴원, 「어부사漁父詞」

굴원(屈原, 기원전 340년~278년 추정)
전국시대 초나라의 정치가이자 시인

DATE   /   /

(…)

착하게 살아라, 다정한 이여.

똑똑해지려 애쓰지 않아도 괜찮다.

고귀한 일을 꿈꾸지 말고,

그냥 하루 종일 고귀히게 살아라.

그러면 삶과 죽음, 그리고 그 너머까지

하나의 크고도 부드러운 노래가 될 것이다.

_찰스 킹슬리, 「이별A Farewell」

찰스 킹슬리(Charles Kingsley, 1819~1875)
영국의 소설가

DATE   /   /

★ 오늘의 기분

그리움을 아는 사람만이
내가 어떤 아픔 속에 있는지 안다.
모든 기쁨에서 떨어져,
먼 하늘을 바라본다.
아, 나를 사랑하고 일아주는 사람은
먼 곳에 있다.
(…)

_요한 볼프강 폰 괴테, 「그리움을 아는 사람만이*Nur wer die Sehnsucht kennt*」

요한 볼프강 폰 괴테
(Johann Wolfgang von Goethe, 1749~1832)
독일을 대표하는 시인이자 소설가

DATE   /   /

★ 오늘의 기분

"우리의 운명은
남이 써주는 것이 아니라
오로지 우리가 스스로 써내려가는 것이다."

Our destiny is not written for us, but by us.

버락 오바마 Barack Hussein Obama II

미국 제 44대 대통령이자 최초의 아프리카계 대통령. 그는 어린 시절부터 다문화 가정 환경에서 자라온 영향인지 약자와 소수계층에 관심이 남달랐고, 이는 정치계로 입문하는 데 큰 뿌리가 되었다. 그래서인지 그는 오른손도 쓸 수 있지만 왼손으로 쓰는 것을 더 좋아한다고 말하기도 했다.

8

너무 지쳐서
그냥 혼자
있고 싶은 날엔

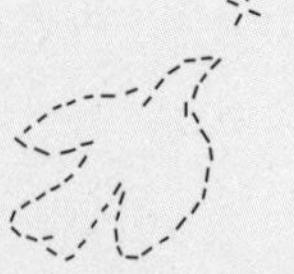

내가 어디로 도망쳐도 그곳은 지옥이다.

나는 스스로 지옥이 되었으니….

_존 밀턴, 『실낙원 *Paradise Lost*』

존 밀턴(John Milton, 1608~1674)
영국의 시인, 청교도 사상가

DATE   /   /

★ 오늘의 기분

한 그루의 나무라도 큰 나무 밑에서 살고 싶다.
입맛을 다시며 낮은 과목 사이에 주춤거림보다
는 빈 마음 빈 기쁨으로 오직 청풍이 들고날 뿐인
휘영청한 옛 나무 아래를 거닐음이 얼마나 더 고
상한 표정이랴!
여름에는 바다 같은 그 깊고 푸른 그늘 속에 살고
가을에는 마당과 지붕이 온통 그의 낙엽으로 묻
혀보라. 얼마나 풍성한 추수리오! 겨울밤에 바람
소리, 얼마나 우렁차리오!

_이태준, 『무서록』

이태준(1904~몰년 미상)
한국의 소설가

DATE   /   /

★ 오늘의 기분

하늘거리는 창가의 난초

가지와 잎 그리도 향그럽더니,

가을바람 잎새에 한번 스치고 가자

슬프게도 찬 서리에 다 시들었네.

빼어난 그 모습은 이울어져도*

맑은 향기만은 끝내 죽지 않아,

그 모습 보면서 내 마음이 아파져

눈물이 흘러 옷소매를 적시네.

_허난설헌, 「난초 내 모습」

* 이울다:
1. 꽃이나 잎이 시들다.
2. 점점 쇠약하여지다.
3. 해나 달의 빛이 약해지거나 스러지다.

허난설헌(1563~1589)
조선의 시인, 화가, 문장가

DATE   /   /

바다와 폭풍우가 우리의 통나무 배를 흔들었다.

잠자던 나는 물결의 온갖 변덕에 몸을 맡겼다.

두 무한이 나의 내부에 있어,

나를 멋대로 가지고 놀았다.

내 둘레에서 심벌즈처럼 바위가 울리고

바람은 서로 불러대며 파도가 노래를 불렀다.

나는 소리의 혼돈 속에 귀가 멀어 누워 있었다.

허나 소리의 혼돈 위를 내 꿈은 날고 있었다.

(…)

_표도르 튜체프, 「바다 위의 꿈」

표도르 튜체프
(Fyodor Ivanovich Tyutchev, 1803~1873)
러시아 시인

모란이 피기까지는

나는 아직 나의 봄을 기다리고 있을 테요

모란이 뚝뚝 떨어져 버린 날

나는 비로소 봄을 여읜 설움에 잠길 테요

오월 어느 날 그 하루 무덥던 날

떨어져 누운 꽃잎마저 시들어 버리고는

천지에 모란은 자취도 없어지고

뻗쳐 오르던 내 보람 서운케 무너졌느니

모란이 지고 말면 그뿐 내 한 해는 다 가고 말아

삼백 예순 날 하냥* 섭섭해 우옵네다°

(…)

_김영랑, 「모란이 피기까지는」

* 하냥: 함께의 전북, 충청 방언.
° 우옵네다: 웁니다의 전라도 방언.

김영랑(1903~1950)
한국의 시인, 독립운동가

DATE   /   /

★ 오늘의 기분

고독은 마치 비와 같다.

(…)

황혼과 새벽 사이
골목길마다 아침을 향해 기울 때,
아무것도 찾지 못한 육신들이
실망과 슬픔에 젖어 서로를 등질 때,
그리고 서로 미워하는 사람들이
한 잠자리에 들어야 할 때,
그 뒤엉킨 시간에 비가 되어 내리며

고독은 강줄기를 따라 흘러간다.

_릴케, 「고독*Einsamkeit*」

라이너 마리아 릴케
(Rainer Maria Rilke, 1875~1926)
체코 프라하 출신의 오스트리아 시인

DATE   /   /

★ 오늘의 기분

"큰 성공을 이루려면
때론 큰 위험을 감수해야 한다."

To win big, you sometimes have to take big risks.

빌 게이츠 William Henry Gates III

마이크로소프트 창업자. 어린 시절부터 컴퓨터 프로그래밍에 남다른 관심을 보였던 그는 결국 현대 컴퓨터 산업의 발전을 이끈 대표적 기업가가 되었다. 현재는 엄청나게 쌓아올린 부와 명성을 발판 삼아 글로벌 보건, 교육, 빈곤 문제를 해결하기 위해 세계 최대 규모의 민간 자선 활동에도 앞장서고 있다. 그는 컴퓨터 마우스도 왼손으로 잡고, 프로그래밍 코드도 왼손으로 짜는 습관이 있다.

9

넘어졌는데 일어설 수 없는 날엔

지금 걷는 길이 지옥길이라면
왜 지옥에서 멈추려 하는가.

_윈스턴 처칠

윈스턴 처칠
(Winston Churchill, 1874~1965)
61대, 63대 영국 총리

DATE   /   /

★ 오늘의 기분

날개야 다시 돋아라.

날자. 날자. 한 번만 더 날자꾸나.

한 번만 더 날아 보자꾸나.

_이상, 『날개』

이상(1910~1937)
일제강점기 한국의 시인, 소설가

DATE   /   /

★ 오늘의 기분

항구를 출발한 배는

필연적으로* 파도를 거슬러야 한다.

인생도 마찬가지다.

태어남은 동요를 수반할 수밖에 없다.

흔들리지 않는 것은 인생이 아니다.

_아르투어 쇼펜하우어, 『당신의 인생이 왜 힘들지 않아야 한다고 생각하십니까
(포레스트북스)』

* 필연적: 사물의 관련이나 일의 결과가
  반드시 그렇게 될 수밖에 없는 것.

아르투어 쇼펜하우어
(Arthur Schopenhauer, 1788~1860)
독일의 철학자

DATE   /   /

★ 오늘의 기분

늘 취해 있어야 한다.

그것이 인생을 견디는 유일한 방법이다.

시간의 무게가 등을 짓누르고

세상에 나를 눌러앉히려 할 때,

그때도 취해 있어야 한다.

(…)

"지금이 바로 취해야 할 시간이다.

시간의 노예가 되지 않으려면 취하라.

술이든, 시든, 선함이든

네가 원하는 그 무엇으로든,

계속해서 취해 있어야 한다."

_샤를 보들레르, 「취하라*Enivrez-vous*」

샤를 보들레르
(Charles Pierre Baudelaire, 1821~1867)
프랑스의 비평가이자 시인

DATE   /   /

★ 오늘의 기분

어떻게 죽어야 하는지를 모른다고 해도 걱정할 필요 없다. 때가 되면 대자연이 당신에게 알려줄 테고, 그 일을 빈틈없이 처리할 것이니 염려하지 않아도 된다. 우리는 삶을 염려하느라 죽음을 힘들게 하고 죽음을 염려하느라 삶을 힘들게 한다. (…)

우리가 대비하는 것은 죽음이 아니다. 죽음은 너무나 순간적인 일이기 때문이다. 이후에 어떤 결과나 피해도 따라오지 않을 15분 정도의 고통을 위해 특별한 교훈까지 필요하지는 않다.

사실, 우리가 대비하는 것은 죽음을 맞이하는 방법이다.

_미셸 드 몽테뉴, 『수상록Essays』

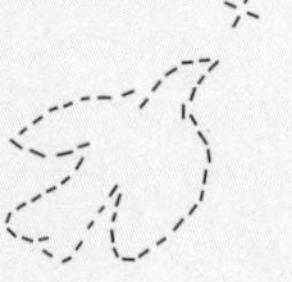

미셸 드 몽테뉴
(Michel Eyquem de Montaigne, 1533~1592)
프랑스의 철학자, 법관, 작가

DATE   /   /

★ 오늘의 기분

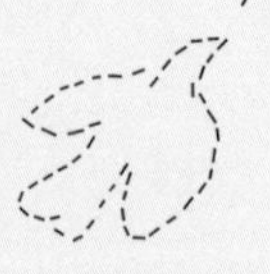

길은 굽이굽이 내내 오르막인가요?

그래, 끝까지 오르막이지.

하루 종일 걸어야 하나요?

그래, 아침부터 밤까지지.

(…)

하지만 끝에는 쉼이 있단다.

_크리스티나 로세티, 「오르막길Up-hill」

크리스티나 로세티
(Christina Rossetti, 1830~1894)
영국의 시인

DATE   /   /

★ 오늘의 기분

나는 내 방 이상의 서늘한 방도, 또 따뜻한 방도
희망하지 않았다. 이 이상으로 밝거나 이 이상으
로 아늑한 방을 원하지 않았다. 내 방은 나 하나
를 위하여 요만한 정도를 꾸준히 지키는 것 같아
늘 내 방에 감사하였고, 나는 또 이런 방을 위하
여 이 세상에 태어난 것만 같아서 즐거웠다. (…)
내 몸과 마음에 옷처럼 잘 맞는 방 속에서 뒹굴
면서, 축 처져 있는 것은 행복이니 불행이니 하는
그런 세속적인* 계산을 떠난, 가장 편리하고 안일
한°, 말하자면 절대적인 상태인 것이다.

_이상, 『날개』

* 세속적: 세상의 일반적인 풍속을 따르는 것.
° 안일하다: 편안하고 한가롭다. 또는 편안함만
  을 누리려는 태도가 있다.

이상(1910~1937)
일제강점기 한국의 시인, 소설가

DATE   /   /

★ 오늘의 기분

그대의 오늘은 최악이었다. 내일은 오늘보다 더 나쁠지도 모른다. 그것을 알면서도 그대의 청춘은 내일을 준비한다.

그것이 인생이라는 나그네의 길임을 그대는 알고 있기 때문이다. 지상에서는 그대의 곤한 육신을 편히 쉬게 해줄 수 있는 안식의 땅이 없음을 그대는 알고 있기 때문이다.

_아르투어 쇼펜하우어, 『당신의 인생이 왜 힘들지 않아야 한다고 생각하십니까(포레스트북스)』

아르투어 쇼펜하우어
(Arthur Schopenhauer, 1788~1860)
독일의 철학자

DATE   /   /

★ 오늘의 기분

> "논리는 당신을 A에서 B로 데려다준다.
> 그러나 상상은 당신을
> 어느 곳이든 갈 수 있게 해준다."

Logic will get you from A to B. Imagination will take you everywhere.

알베르트 아인슈타인 Albert Einstein

인류 역사상 가장 위대한 이론물리학자. 왼손을 사용하는 유명인 중 대표적인 인물이다. 그가 이룬 놀라운 지적 업적들과 독보적인 창의성은 그의 이름이 천재의 대명사가 되는 결과를 만들었다. 《타임》지는 그를 20세기를 대표하는 인물로 선정하기도 했다.

10

해내고 싶은데
헤매기만
하는 날엔

사람은 누구나
자기가 할 수 있다고 생각하는 것
이상의 것을 할 수 있습니다.

_헨리 포드

헨리 포드(Henry Ford, 1863~1947)
포드의 창업자. 최초로 자동차를 대량 생산하는
데 성공했다.

DATE   /   /

★ 오늘의 기분

아침에 눈을 뜰 때마다 생각하라.

살아 있다는 것이 얼마나 귀한 특권인지.

숨 쉬고, 생각하고, 느끼고,

사랑할 수 있다는 그 모든 것이.

_마르쿠스 아우렐리우스, 『명상록 *Meditations*』

마르쿠스 아우렐리우스
(Marcus Aurelius, 121~180)
고대 로마의 황제

DATE   /   /

★ 오늘의 기분

자기 삶을 관찰자처럼 바라보는 것이
고통에서 벗어나는 길이다.

_오스카 와일드, 『도리언 그레이의 초상 *The Picture of Dorian Gray*』

오스카 와일드(Oscar Wilde, 1854~1900)
아일랜드 출신의 작가

DATE   /   /

★ 오늘의 기분

나는 춤출 때는 춤을 추고

잠잘 때는 잠을 잔다.

그리고 내가 아름다운 과수원을 홀로 거닐 때

잠시 엉뚱한 생각이 떠올랐다 하더라도

나머지 시간에는 생각이

과수원 산책, 달콤한 고독, 그리고

나 자신에게로 돌아오도록 한다.

_미셸 드 몽테뉴, 『몽테뉴의 살아있는 생각(서교책방)』

미셸 드 몽테뉴
(Michel Eyquem de Montaigne, 1533~1592)
프랑스의 철학자, 법관, 작가

DATE   /   /

자신의 생각을 믿는다는 것,

자기 마음속에서 진실인 것이

모든 사람에게 진실이라고 믿는 것,

그것은 탁월한 재능이다.

내면의 확신을 소리 내어 말하라.

그러면 그것이 보편적 의미를 띠게 될 것이다.

_랄프 왈도 에머슨, 『에머슨의 자기 확신에 관하여(레디투다이브)』

랄프 왈도 에머슨
(Ralph Waldo Emerson, 1803~1882)
미국의 시인이자 사상가

DATE   /   /

★ 오늘의 기분

네 믿음은 네 생각이 된다.

네 생각은 네 말이 된다.

네 말은 네 행동이 된다.

네 행동은 네 습관이 된다.

네 습관은 네 가치가 된다.

네 가치는 네 운명이 된다.

_마하트마 간디

마하트마 간디
(Mohandas Karamchand Gandhi, 1869~1948)
인도 민족 운동 지도자

DATE   /   /

★ 오늘의 기분

세상이 너를 끊임없이
다른 무언가로 바꾸려 할 때
그 속에서도 너 자신으로 남는 것,
그것이 가장 위대한 성취다.

_랄프 왈도 에머슨, 『자기 신뢰Self-Reliance』

랄프 왈도 에머슨
(Ralph Waldo Emerson, 1803~1882)
미국의 시인이자 사상가

DATE   /   /

★ 오늘의 기분

내가 아는 한 실수를 한 번도 저지르지 않은 과학자는 없습니다. 지금 떠오르는 위대한 과학자들만 해도 그렇습니다. 갈릴레오 갈릴레이, 케플러, 뉴턴, 아인슈타인, 다윈, 멘델, 파스퇴르, 코흐, 크릭, 심지어 힐베르트나 괴델도 예외가 아닙니다. 모든 동물뿐 아니라 모든 인간은 오류를 저지르는 불완전한 존재입니다. 그러므로 전문가는 있을 수 있어도 절대적 권위자는 있을 수 없습니다.

_칼 포퍼, 『삶은 문제해결의 연속이다(포레스트북스)』

칼 포퍼
(Karl Popper, 1902~1994)
오스트리아 출신의 영국 과학철학자

DATE   /   /

★ 오늘의 기분

나를 뒤덮은 밤의 어둠 속에서,

극과 극 사이의 깊은 구덩이처럼 캄캄한 곳에서,

어떤 신이 있든 나는 감사하네.

굴하지 않는 영혼이 내게 있음을.

(…)

문이 아무리 좁고

삶의 장부가 벌로 가득하더라도

나는 내 운명의 주인이며

나는 내 영혼의 선장이다.

_윌리엄 어니스트 헨리, 「굴하지 않는 Invictus」

윌리엄 어니스트 헨리
(William Ernest Henley, 1849~1903)
영국의 시인, 비평가, 편집자

DATE   /   /

★ 오늘의 기분

기분을 바꾸는 왼손 필사

초판 1쇄 발행 2026년 1월 21일

지은이 서선행, 이은정
펴낸이 김선준, 김동환

책임편집 오시정(sjoh@page2books.co.kr)
편집2팀 최한솔, 최구영, 한용선 **디자인** 정란
마케팅팀 권두리, 이진규, 신동빈
홍보팀 조아란, 장태수, 이은정, 권희, 박미정, 조문정, 이건희, 박지훈, 송수연,
　　　김수빈, 현유진, 정지호
경영관리 송현주, 윤이경, 임해랑, 정수연

펴낸곳 페이지2북스
출판등록 2019년 4월 25일 제 2019-000129호
주소 서울시 영등포구 여의대로 108 파크원타워1, 28층
전화 070)4203-7755 **팩스** 070)4170-4865
이메일 page2books@naver.com
종이 월드페이퍼 **인쇄·제본** 한영문화사

ISBN 979-11-6985-179-4 (03800)